ESTE LIBRO CANDLEWICK PERTENECE A:

Escalera a la Luna

MAYA SOETORO-NG

ilustrado por

YUYI MORALES

traducido por

TERESA MLAWER

CANDLEWICK PRESS

First edition in Spanish 2017

Library of Congress Cataloging-in-Publication Data is available.

Library of Congress Catalog Card Number 2010039183

ISBN 978-0-7636-4570-0 (English hardcover)
ISBN 978-0-7636-9343-5 (English paperback)
ISBN 978-0-7636-9341-1 (Spanish hardcover)
ISBN 978-0-7636-9342-8 (Spanish paperback)

17 18 19 20 21 22 APS 10 9 8 7 6 5 4 3 2 1

Printed in Humen, Dongguan, China

This book was typeset in Cygnet.
The illustrations were created with acrylics on paper and then digitally manipulated.

Candlewick Press
99 Dover Street
Somerville, Massachusetts 02144

visit us at www.candlewick.com

Dedico este libro
a mi madre y a mis hijas.
Que nunca dejemos de crecer y aprender.

M. S.-N.

A mis hermanas, Elizabeth y Magaly,
y a mi hermano, Mario Alejandro—
juntos somos más fuertes de lo que imaginamos.

Y. M.

Una noche fresca de luna llena,
Suhaila le preguntó a su mamá:
—¿Cómo era Abuela Annie?
—Tu abuela era como la Luna —
le contestó su mamá—.
Llena, suave, curiosa.
Tu abuela rodearía el mundo entero
con sus brazos si fuera posible.
La mamá de Suhaila la abrazó.
—Tienes las manos de
tu abuela —le dijo.

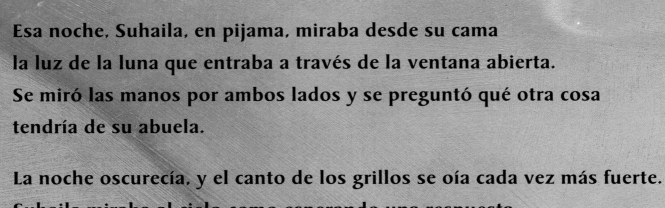

Esa noche, Suhaila, en pijama, miraba desde su cama
la luz de la luna que entraba a través de la ventana abierta.
Se miró las manos por ambos lados y se preguntó qué otra cosa
tendría de su abuela.

La noche oscurecía, y el canto de los grillos se oía cada vez más fuerte.
Suhaila miraba al cielo como esperando una respuesta.
Realmente parecía que algo iba a suceder.
Y, entonces, como respuesta a su interrogante,
una escalera dorada apareció en el alféizar de la ventana.

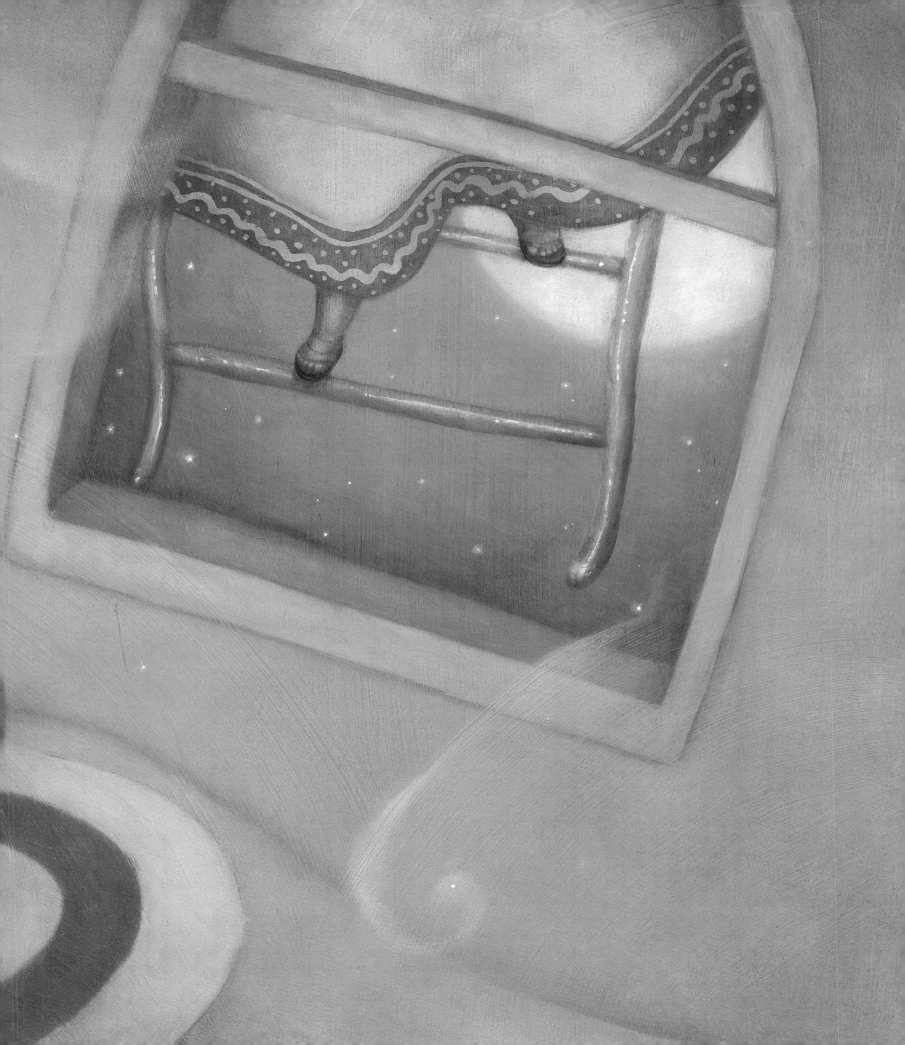

Y allí, en el peldaño más bajo, estaba la abuela de
Suhaila, tendiéndole los brazos llenos de brazaletes
plateados y tintineantes.
—¿Te animas a venir conmigo, mi pequeño tesoro?
Suhaila asintió dos veces, la segunda vez con más seguridad.
Entonces, saltó de la cama como una planta rodadora
y fue corriendo hasta la ventana.

Juntas, peldaño a peldaño, subieron la escalera,
siguiendo el sendero iluminado por la luz de la luna.

Cuando llegaron a lo más alto, Abuela Annie
fue la primera en saltar a la Luna.
De repente, comenzó a aumentar de tamaño,
haciéndose cada vez más y más grande,
como el cráter más grande de la Luna.
Entonces, Suhaila saltó al regazo
protector y suave de su abuela.
Abuela Annie arropó a Suhaila
en sus brazos para darle calor.

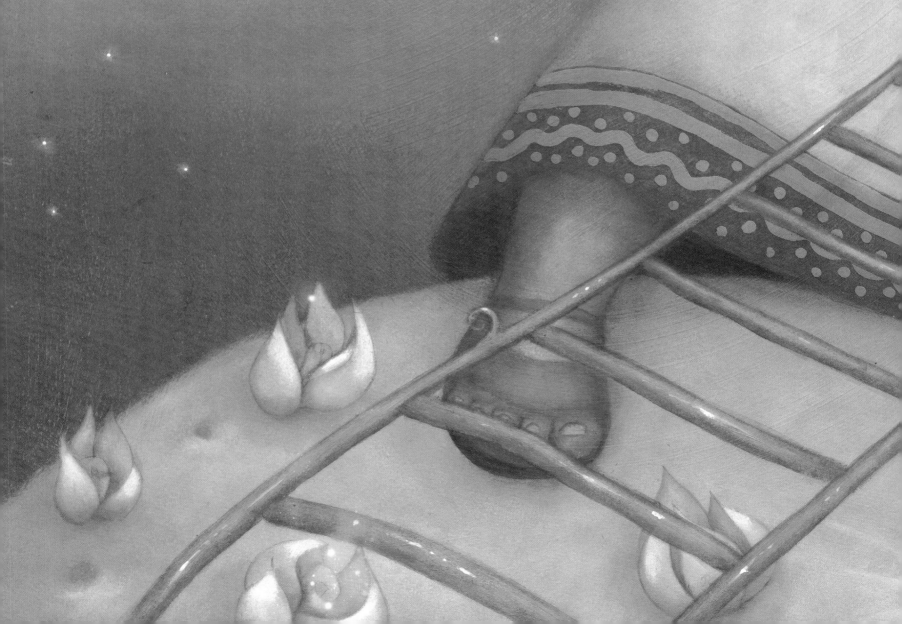

Las dos miraron hacia la Tierra, y Suhaila trató de ser valiente a pesar de lo lejos que estaba de su hogar.

—¡Qué divertido! —dijo Annie.

—¿Y, ahora, qué hacemos? —preguntó Suhaila.

—Escucha —dijo Annie—. Escucha.

La Luna es un lugar gris. Es cierto, pero está llena de canciones, algunas sencillas y otras maravillosas. Suhaila escuchó atenta las canciones, y en ese momento supo algo que hasta entonces ignoraba. Cada nueva canción la hacía sonreír y le infundía valor, hasta que los bordes de su sonrisa se toparon con Abuela Annie, y en ese gesto se conocieron plenamente. A veces, una sonrisa logra eso y mucho más.

—Oigo voces —dijo Abuela Annie.

Juntas miraron hacia abajo, en dirección a la Tierra.

Una ola gigantesca, de más de cincuenta
pies, se desplazaba rápidamente desde
el mar hacia la tierra, y, en medio de turbulentas
aguas, la gente luchaba por mantenerse a flote.

—¡Agiten con fuerza las piernas! —gritaba Annie—.
¡Naden rápido!

Moviendo la cabeza en dirección a su nieta,
Abuela Annie le preguntó: —Mi niña, ¿los invitamos
a que se unan a nosotras?

—¿Podemos? Aquí hay sitio suficiente
—contestó Suhaila.

Annie asintió y dejó que su voz llegara hasta abajo.

—Suban y entren en calor —dijo Annie.

Y cuando la siguiente ola alcanzó su cresta,

los niños saltaron del agua como peces voladores.

Suhaila y Annie los agarraban por las puntas

de sus dedos para subirlos a la Luna.

Cubrieron sus hombros con rebozos y, dando vueltas,

columpiaron a los niños hasta que nuevamente

se escucharon sus risas, largas y sonoras.

Entonces, Abuela Annie hizo una pausa y susurró:

—Presiento más problemas.

Suhaila también lo notó en el aire, y en ese momento

supo algo que hasta entonces ignoraba.

Abajo, en la Tierra,
dos hermanas descendían
de dos altas torres que temblaban
y se balanceaban sobre un suelo inseguro.
—Agárrense bien —les aconsejó Annie.
Cuando la tierra paró de moverse,
Annie y Suhaila observaron
a las dos hermanas limpiarse el polvo
de sus rostros y sacar la lengua
para atrapar unas gotas de lluvia.

—Vengan a lavarse y a saciar su sed con nosotras —les dijo Annie.

—Pero ¿sabrán qué tienen que hacer? —preguntó Suhaila—. ¿Sabrán llegar hasta aquí?

—No te preocupes, cariño —la tranquilizó su abuela—. Son más fuertes de lo que creen.

Suhaila observó a las dos hermanas tejer una
deslumbrante espiral y ascender por ella.
Cuando llegaron arriba, Abuela Annie las recibió
con los brazos abiertos. Se lavaron con la humedad
de la niebla y juntas bebieron el dulce rocío de la
luna en tazas de té de plata.

Cuando acabaron de refrescarse,
las hermanas hablaron a Annie y a Suhaila.
—Todavía queda mucho por hacer: incendios que apagar,
jardines que despejar, y semillas de capoquero que esparcir.
—Todos trabajaremos para hacerlo —prometió Annie—.
Nos dedicaremos en cuerpo y alma,
y con nuestras manos lograremos un mundo mejor.
Y seguro que lo harían: todos juntos construirían puentes,
edificios y crearían lazos entre las personas.

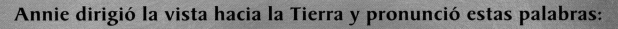

Annie dirigió la vista hacia la Tierra y pronunció estas palabras:

—Siento que la fe mueve algo allá abajo —dijo—. Están rezando.

—¿Y por qué rezan? —preguntó Suhaila.

—Rezan por ellos y por nosotros —le contestó Annie—,
y para que cesen los conflictos.

Suhaila dejó a un lado su taza de té, se puso de pie y se estremeció,
y en ese momento supo algo que hasta entonces ignoraba.

Suhaila miró más allá de la escalera dorada y divisó a muchas personas
unidas en oración ante una sinagoga, un templo, una mezquita y una iglesia.
Cada una de ellas en busca de su propio camino hacia la Luna, cada camino
conectando uno con otro como un torrente de esperanza colectiva.

We are all connected, and so are our stories.
Би 5 настай байхдаа ээжийнхээ морийг наадмаар унаж уралдсан
Toen het water aan onze lippen stond, waren er alleen nog bloembollen te eten.
I see, I listen . . .
本以为我们被当成自家人，而不是敌人

Los integrantes de la Luna eran cada vez más.

Sentados alrededor, intercambiaban historias, historias de valentía
en los desfiladeros e increíbles descubrimientos en el desierto.
Historias de pueblos que perdieron su lengua e historias sobre
desamparados e indefensos.

—Suhaila, todas estas personas que nos necesitan son como tú y como yo.
¿Lo ves? —preguntó Annie cuando terminó el último relato.

Suhaila se frotó los ojos y lo pudo ver, y en ese momento
supo algo que hasta entonces ignoraba.

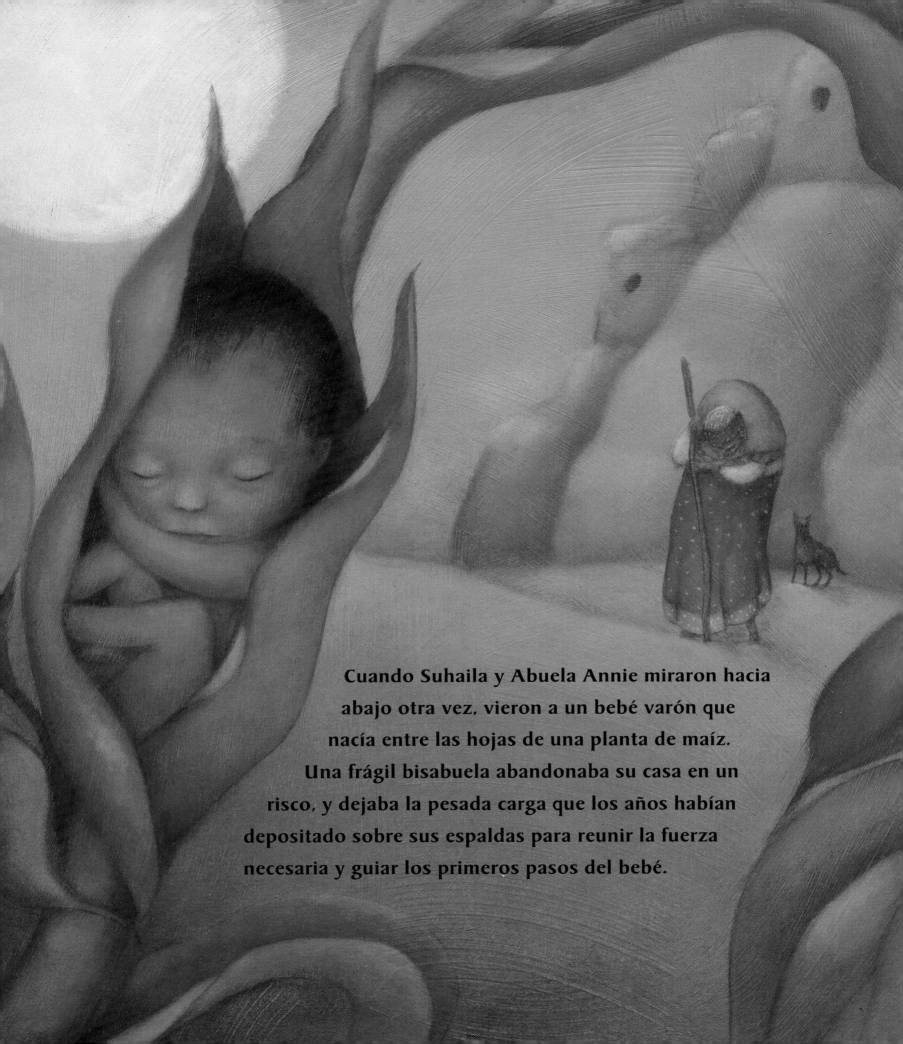

Cuando Suhaila y Abuela Annie miraron hacia
abajo otra vez, vieron a un bebé varón que
nacía entre las hojas de una planta de maíz.
Una frágil bisabuela abandonaba su casa en un
risco, y dejaba la pesada carga que los años habían
depositado sobre sus espaldas para reunir la fuerza
necesaria y guiar los primeros pasos del bebé.

Entonces, Abuela Annie observó cómo Suhaila, sola,
se inclinaba para extenderle la mano a la bisabuela
y ayudarla a alcanzar la escalera.
Juntas comenzaron a subirla,
una ya mayor, la otra todavía joven.

En la Luna, todos los niños y niñas, todos los hombres y
todas las mujeres eran ahora parte del murmullo de la Luna.
Sus siluetas se veían distantes desde abajo y ofrecían
un destello de esperanza a aquellos más necesitados.
Sus movimientos al bailar ofrecían anhelos de
libertad a aquellos atrapados en espacios reducidos.
Los que peleaban se detuvieron al escuchar el canto
de la luna y vieron cómo su luz llenaba quebradas
y arroyos.

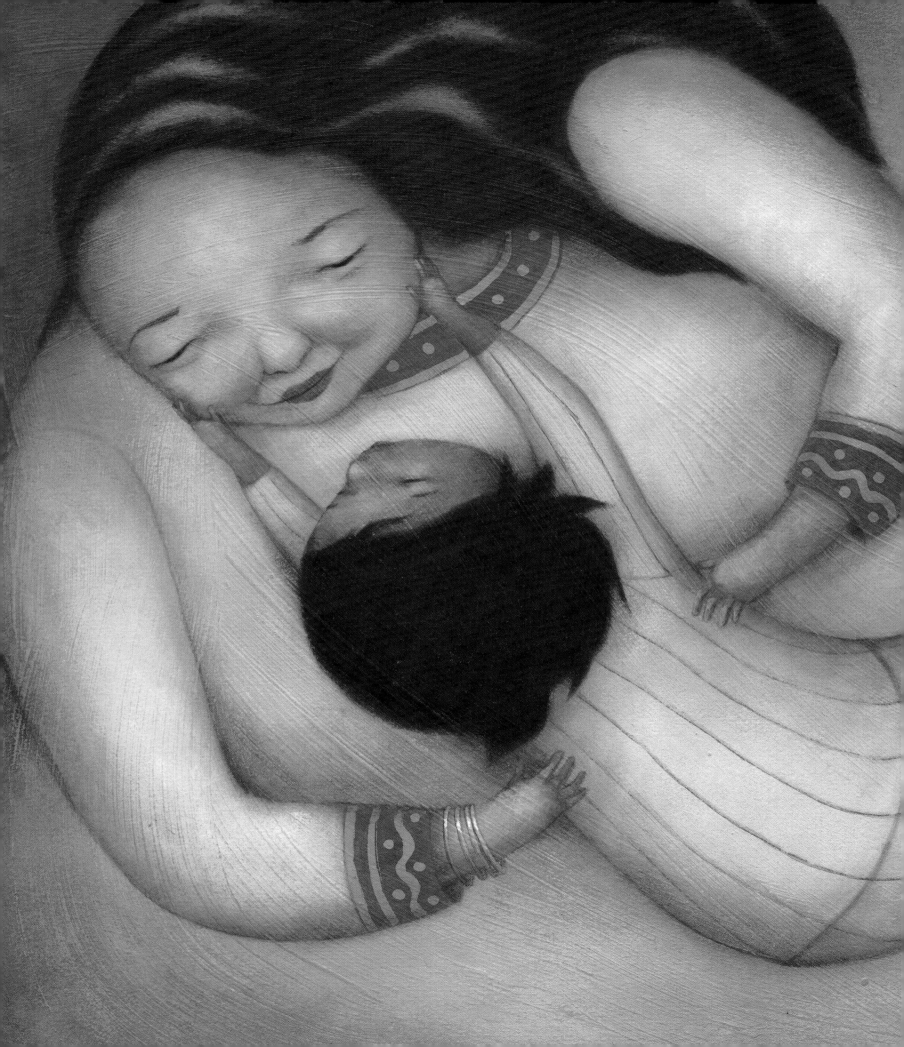

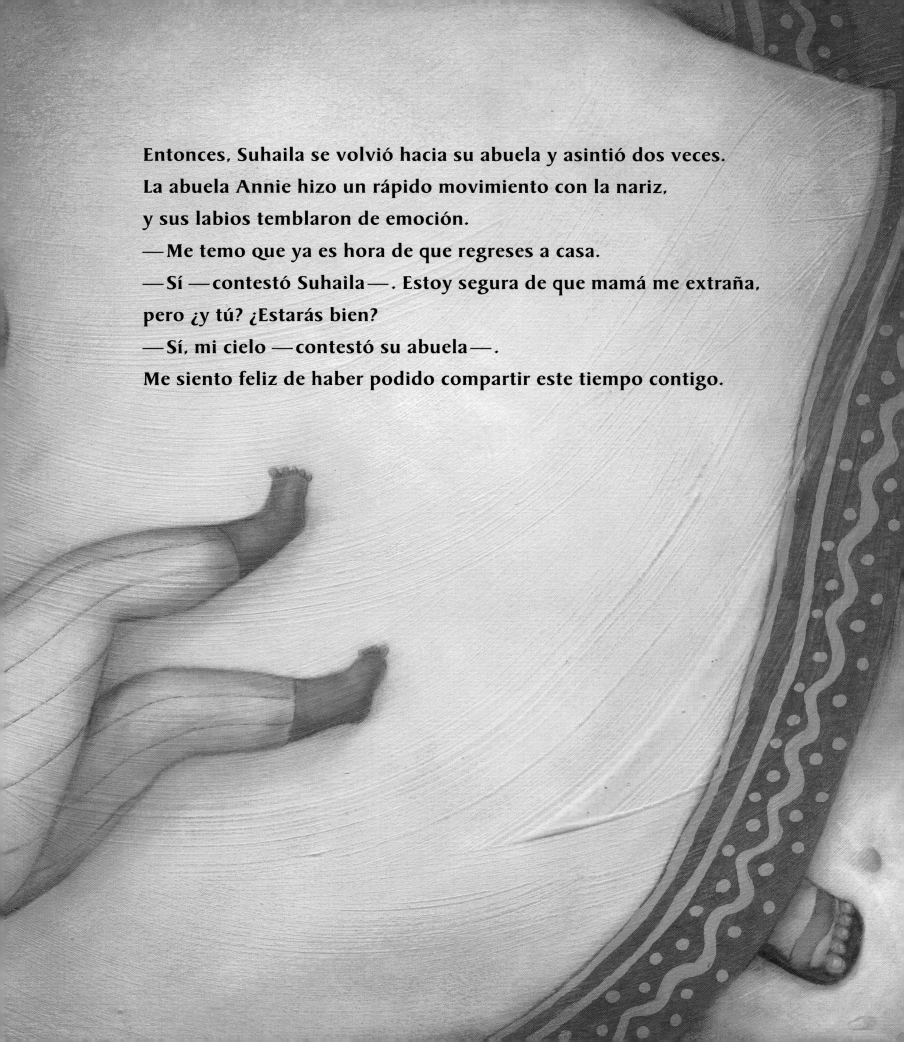

Entonces, Suhaila se volvió hacia su abuela y asintió dos veces.

La abuela Annie hizo un rápido movimiento con la nariz,

y sus labios temblaron de emoción.

—Me temo que ya es hora de que regreses a casa.

—Sí —contestó Suhaila—. Estoy segura de que mamá me extraña,

pero ¿y tú? ¿Estarás bien?

—Sí, mi cielo —contestó su abuela—.

Me siento feliz de haber podido compartir este tiempo contigo.

Se despidieron con un abrazo y un beso.

Suhaila se volvió para mirar solo una vez, y se deslizó
por los rayos de la luna hasta aterrizar en su cama.
Se quedó quieta unos segundos, sintiéndose orgullosa
de haber ayudado a otros a sanar, de haber ayudado
a otros a ir hacia delante, hacia arriba y en todas las direcciones.

Juntos, todos los que vivimos en la Tierra,
plantaremos semillas en un suelo blando.
Abuela Annie enviará mareas para alimentarlas
y tejerá una red de amor a nuestro alrededor.

—¡Mamá! Ya estoy en casa —
gritó Suhaila desde el pasillo—.
¡La conocí!

—Ven, cariño, cuéntamelo todo.

Nota de la autora

Cuando tenía nueve años y vivía en la Isla de Java, mi madre me dio una tarjeta postal de la pintura *Escalera a la Luna* (1958) de Georgia O'Keeffe. Me encantó. Una escalera firme, pero a la vez delicada, suspendida sobre un fondo desértico y, sobre ella, ligeramente a su izquierda, la imagen sutil de una media luna. La luna no era el principal enfoque: la escalera ni siquiera la señalaba; era simplemente algo bonito en la distancia. El enfoque principal de la pintura era la escalera. El viaje era lo importante, ese increíble viaje de descubrimiento que es la vida.

Mi madre era una extraordinaria mujer. Se sentaba en el suelo a jugar con mi hermano y conmigo. Nos fabricó un horno para que pudiéramos hacer cerámica, y hacía juguetes con nosotros para que atesoráramos la libertad que gozábamos de niños. Pero, sobre todo, mi madre era una cuentacuentos. Le encantaba escuchar historias y leérnoslas. Sentada en una hamaca y mirando las nubes, nos contaba historias de personas que vivían en lugares muy lejanos. Sentada a la mesa y rodeada de amigos, contaba historias de personas cercanas a nosotros. Estas historias de viajes heroicos y de amor influyeron de forma fundamental en mi decisión de elegir la carrera de Magisterio, y constituyen la verdadera base de los principios de mi enseñanza. Cuando era una jovencita, a veces mi madre me despertaba por la noche para contemplar la luna. Aunque en esa época no era capaz de apreciar la belleza de esos momentos, ahora quisiera poder disfrutar de ellos.

Mi hija Suhaila nació diez años más tarde de que mi madre falleciera de cáncer de ovario y de útero. Ser madre me hizo pensar en ella con profunda tristeza y gratitud a la vez. Sobre todo, me hubiera gustado que mi hija y mi madre se hubieran conocido y que hubieran podido sentir el amor profundo entre abuela y nieta. Mi deseo era poder enseñarle a Suhaila algunas de las muchas cosas que aprendí mientras crecía y era testigo de la extraordinaria compasión y empatía de mi madre. Fue entonces cuando pensé en una historia donde abuela y nieta fueran las protagonistas; una historia donde mi madre pudiera conocer a una de sus nietas y compartir la luna con ella. Podrían convertirse en reflejo de la luna y, al ascender por la escalera, Suhaila tendría una vista más amplia del mundo y del significado de ayudar a la humanidad. Vería a su abuela curar y proteger a los que han sufrido terribles tragedias, debido a causas naturales o humanas, y convertirse ella misma en la persona que siguiera sus pasos.

Dedico este libro a mi madre y a mis hijas. Aunque separadas en espacio y tiempo, este es un homenaje a la fuerza interior y a la Luna que compartirán siempre.

—Maya Soetoro-Ng

Nota de la ilustradora

En cuanto leí el manuscrito, supe que mi destino era crear el arte para este libro. Sin embargo, aunque sentí una profunda conexión con la historia, también me asaltaron muchas dudas. ¿Cómo se representa la fe? ¿Cómo puede reproducirse la fuerza interior? ¿Entenderán los niños mi interpretación de cómo crecer y hacernos mejores? Soy una firme creyente en la mitología personal y en la fortaleza y enseñanzas encerradas en las historias de nuestros hermanos y hermanas, nuestros padres, nuestros abuelos, nuestros antepasados y en nosotros mismos. Es por eso que, pensando en crear las mejores ilustraciones para *Escalera a la Luna*, decidí representar escenas de luchas y logros, dolor y curación, vida y muerte, relatos que yo había escuchado durante años. Así, encontrarás la imagen de un perro noble, como el que los aztecas creían que era un fiel compañero en vida y posteriormente en el viaje hacia el mundo de los muertos. La ilustración de personas reunidas alrededor de una fogata compartiendo historias tiene sus raíces en las narraciones tradicionales y en los relatos que algunos amigos me han contado les sucedieron a sus familias.

Imaginé que cada uno de los personajes de este libro tenía voz propia y una historia que contar: historias sobre la creación, como la leyenda que nos dice que los hombres fueron creados del maíz; historias reales de mujeres y niños que luchan por la supervivencia y la dignidad; historias de hombres que usan la sabiduría heredada de sus tribus para mantener a salvo sus comunidades; y, por último, la historia de Suhaila y Annie, una nieta y su abuela que se apoyan la una en la otra para aprender, amar, y juntas trabajar al servicio de la humanidad.

Ha sido un honor haber añadido mi voz a esta historia.

—Yuyi Morales

Maya Soetoro-Ng nos explica que la inspiración para *Escalera a la Luna* vino de las preguntas que su hija Suhaila le hacía acerca de su difunta abuela, Stanley Ann Dunham. Nacida en Yakarta, Indonesia, la autora posteriormente se mudó con su familia a Hawai. Tiene un amplio y rico historial en educación, viajes e intercambios culturales; posee un doctorado en Educación Comparada e Internacional; ha enseñado durante muchos años en la escuela intermedia, en la escuela secundaria y a nivel universitario. En la actualidad, Soetoro-Ng vive en Honolulú con su esposo y sus dos hijas. Sobre Ann Dunham, nos dice: «Por encima de todo, era una excelente cuentacuentos. Sus historias sobre viajes heroicos y sobre el amor contribuyeron enormemente a que yo decidiera ser maestra. Pero más importante aún: espero que yo pueda transmitirles a mis hijas algunas de las cosas que aprendí como testigo de la extraordinaria compasión y empatía de mi madre».

Yuyi Morales llegó a Estados Unidos de México en 1994, y se apoya en su rica herencia mexicana para crear su arte, creando un sinnúmero de destacados libros para niños. Como inmigrante y nueva mamá, buscó consuelo en las bibliotecas públicas mientras practicaba inglés con su hijo leyéndole cuentos. Cuentacuentos por naturaleza, comenzó a escribir sus propias historias en inglés, se compró su primer juego de pinturas y brochas, y aprendió a dibujar ella sola. Fue la primera latina en recibir la Mención de Honor Caldecott por su libro *Viva Frida*. En la actualidad Yuyi vive en el área de la Bahía de San Francisco.